U0064139

輕鬆學作文

寫景狀物篇

何 捷　著

奧東動漫　繪

商務印書館

責任編輯	毛宇軒
裝幀設計	涂　慧
排　　版	高向明
責任校對	趙會明
印　　務	龍寶祺

輕鬆學作文‧寫景狀物篇

作　者	何　捷
繪　畫	奧東動漫
出　版	商務印書館（香港）有限公司
	香港筲箕灣耀興道 3 號東滙廣場 8 樓
	http://www.commercialpress.com.hk
發　行	香港聯合書刊物流有限公司
	香港新界荃灣德士古道 220-248 號荃灣工業中心 16 樓
印　刷	嘉昱有限公司
	香港九龍新蒲崗大有街 26-28 號天虹大廈 7 字樓
版　次	2024 年 1 月第 1 版第 1 次印刷
	© 2024 商務印書館（香港）有限公司
	ISBN 978 962 07 4677 2
	Printed in Hong Kong

輕鬆學作文 - 寫景狀物篇（系列原名：爆笑作文）

文字版權 © 何捷

插圖版權 © 奧東動漫

由江西教育出版社在中國內地首次出版

此版本由江西教育出版社授權商務印書館（香港）有限公司在中國香港、中國澳門、中國台灣地區獨家出版、發行。僅供中國香港、中國澳門、中國台灣地區銷售，不得出口。

作文派英雄卡

油菜花

作文派三弟子。冰雪聰明，內外兼修，最擅長舉一反三，作文功力勝於兩位師兄。

至尊飽

作文派二弟子。善良老實，為人仗義，軟肋是貪吃。

小可樂

作文派大弟子。機智勇敢，勤學肯練，好奇心強，遇到高強的作文功夫就走不動路，不學到手不罷休。

東寫

章真人

萬花筒

西讀

包打聽

觀海　　看山

白日夢

唐三百

景語大師

華小仙

老頑童

梅

松

馬優

王大蟲

竹

肖遙

一修大師

寫景篇

目 錄

狀物篇

寫景篇

第三十三回

峨眉秀麗青城幽

寫景，可用一個字概括特點

秀幽雄險一字凝，要把特點寫分明。
千山萬水各不同，精練中心描風景。

　　事物與人永遠都處在運動和變化之中，不同的地點、不同的時間，由不同的人物去參與，造就了景物各不相同的特色。同樣的草木景象，不同的季節，它就會有不同的表徵，比如春天的草是嬌嫩的，夏天的草是蔥鬱的，秋天的草是萎靡的，冬天的草則是枯死的。這一切都告訴我們，定位景物的特徵，是寫景的一大前提。景物的特徵是客觀存在的。分析特徵時，應該注意一些關鍵的入手點：時間不同，地理位置不同，社會環境不同，角色分佈不同，外在表徵（顏色、形狀、氣味、聲音）不同等等，甚至還有氣候因素也需要考量納入。找到景物最突出的特點，才能找到寫景的核心點。

三人告別了武當高手們，前往此次下山送帖的第三站——峨眉寫景派。

一路上不時會出現「烏龍教」的身影，三個小夥伴發揚俠義精神，做了不少好事。

半個月後，他們終於進入巴蜀境內，來到了巍峨的峨眉山腳下。

真熱鬧呀！

有好多好吃的啊！

好玩的東西也不少！

輕鬆學作文

巴蜀一帶，當真是風土峻美，景色宜人，正所謂：「峨眉天下秀，青城天下幽，三峽天下雄，劍門天下險。」此言不虛啊！

好一位談吐不凡的大叔。

小可樂喜歡交朋友，便走上前自報家門。

原來是作文派的高徒啊，你們好。

我行走江湖，遊山玩水，以驢為友，你們就叫我「驢友」吧！

驢友大叔，您剛才的話中，似乎暗含着某些深奧的道理。

那句話不是我說的，是眾多和我一樣的驢友總結的，確實說得很準確。

您能給我們講講嗎？

好！不過，我先問問你們，在來峨眉的路上，都見到過哪些風景？

我們先見過嵩山、武當山，後來又見到了華山，今天則見到了峨眉山。

嵩山的話，山很高很大，樹木茂盛，景色很美。武當山，山也很高大，樹木也很茂盛，風景也很美。還有華山、峨眉山，山同樣很高大……

真不錯，小小年紀，就去過這麼多地方了。那麼，這位小朋友，你能分別描述一下這些山的風景嗎？

同樣都是：山很高大，樹木茂盛，景色很美！我就知道你會這麼說！

哈哈哈，你看，在你的眼中，嵩山、武當山、華山、峨眉山，這些山的風景，都是三個詞：山高、樹多、景美。可是，這樣一來，它們豈不是沒有區別了嗎？怎樣才能體現出每個景點各自的特點呢？

如果讓我來寫，應該要抓住嵩山少林寺的禪林意境，武當山的仙雲縹緲，還有「自古華山一條路」的險峻，這樣才能寫出每個景點的特色，不至於重複。

說得好，這個小姑娘說到點子上了。其實我剛才說的這句話就是這個意思。「峨眉天下秀」，說的是峨眉風光很秀麗；「青城天下幽」，是指青城山的林木茂盛，十分幽靜；「三峽天下雄」，是指三峽的山勢很雄偉、水流很湍急；「劍門天下險」，是指劍門關的地形十分險要。

「秀」「幽」「雄」「險」這四個字，高度地概括歸納了四個景點各自的特點。寫景作文裏，寫出景物的特色，這一點是很重要的。

秀幽雄險

驢友大叔的指點讓三位小夥伴佩服得五體投地，他們道謝後與大叔道別。

不久，他們爬到了峨眉金頂之上，拜見了峨眉寫景派的掌門人——景語師太。

峨眉派

小可樂還對景語師太講述了偶遇驢友大叔的事。

你們的運氣不錯，那位驢友大叔不是別人，正是我的師父——揹包客。他喜歡雲遊天下，描繪景物。

寫景的作文啊，最怕「千山一面，萬水一波」，每個景物都要寫出與眾不同的特點才算是一篇好的寫景文章。像「峨眉天下秀」這樣能凝練特點於一個字詞之中的描寫，更是不可多得的佳作。

景語師太希望他們多遊覽一下峨眉山的美景，於是，小可樂三人開心地住了下來。

祕笈點撥

寫出景物的特色，對於寫景作文是很重要的。寫景的作文，最怕「千山一面，萬水一波」，描寫每個景物都要寫出與眾不同的特點，才算是一篇好的寫景文章。

1. 多角度寫景，寫出特點

巴金在《海上日出》中寫道：「果然，過了一會兒，那裏出現了太陽的小半邊臉，紅是真紅，卻沒有亮光。」這裏抓住了日出的顏色、光亮和形態，從不同角度描寫了海上日出的壯美與奇特。

2. 運用修辭，寫出特點

「那點薄雪好像忽然害了羞，微微露出點粉色。」老舍先生筆下的薄雪會害羞。這裏擬人修辭的恰當使用，使文章增添了一種可貴的生趣，讀來令人感動、溫暖。

3. 動靜結合，寫出特點

「葉尖一順兒朝下，在牆上鋪得那麼均勻，沒有重疊起來的，也不留一點兒空隙。一陣風拂過，一牆的葉子就漾起波紋，好看得很。」葉聖陶先生抓住爬山虎葉子一瞬間的動態，與它「均勻、嚴密」的靜態結合起來，寫出了很美的畫面感。

| 用武之地 |

少俠闖蕩江湖，浪跡天涯，一定見過不少名山大川，寫出來跟我們分享一下吧！

請試寫一段景物描寫，試着將景物的特點概括成一個字，並圍繞中心展開寫。

_____

_____

_____

_____

_____

_____

_____

_____

_____

第三十四回

自然人文兩分堂

自然景觀與人文景觀的寫法不同

自然景觀多美妙，人文古跡引資料。
兩大題材略有別，審題區分很重要。

　　自然與人文，是景觀的左膀右臂，缺一不可。當然，因為題材不同，它們的側重點也不一樣。自然景觀，更注重那時那刻的所觀、所聞、所感。越直觀越真實，越接近美。人文景觀，更注重對歷史的勾勒，在景色描寫的同時，還需要突出歷史的那份厚重感。查閱資料、引經據典是必不可少的。你看，自然景觀與人文景觀就像雙胞胎一樣，同根同源，卻性格各異，需要「區別對待」。

初到峨眉派的小可樂三人發現，派中弟子分為兩類進行修煉。

一類赤手空拳，大多住在山林瀑泉之間。

一類攜刀帶劍，大多居於廳堂屋舍之內。

三人好奇心作祟，便來到峨眉大殿處向景語師太求教。

我們峨眉寫景派下設兩個分堂，一個叫「自然堂」，一個叫「人文堂」。前者修煉的作文功夫，都用於描寫自然風光；後者修煉的作文功夫，則多用於寫人文景觀。

因此，前者崇尚自然，只練拳腳，不練刀劍；後者喜歡利用兵器，增加文章的威力。

也不知道是赤手空拳的厲害，還是舞刀弄劍的厲害？

那兩者有何優劣呢？

非也，自然風光和人文景觀，這兩者只是題材不同，本身並沒有優劣之別。自然風光，崇尚自然，不加斧鑿，若寫得好，也可以寫得很美；人文景觀，雖有兵器在手，若你技巧掌握得不佳，也會被人「空手奪白刃」的。

大師兄，小師妹，這你倆不是糊塗了嗎？當然是有兵器的要比沒兵器的更厲害了。

我明白了，描寫自然風光或是人文景觀，本身並沒有甚麼不同，只是選材不一樣，關鍵還是要看你的作文功夫修煉得如何。

不錯，我現在帶你們去參觀一下吧。

他們來到自然堂，只見一位弟子正在打拳。

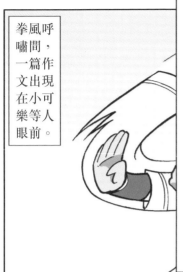

拳風呼嘯間，一篇作文出現在小可樂等人眼前。

微風吹過，地上鮮綠的小草翠色欲流。遠處的花朵搖曳着五彩斑斕的裙襬，身姿綽約，美豔動人。

為何這裏的花草如此有靈氣？一定是那一條瀑布浸潤的。瀑布從山崖上飛落，濺起了一顆顆珍珠般的水滴，灑落在草地上和花叢中，化作滋養它們的甘露。
就連樹林裏的飛鳥也時不時地出來舞蹈，用清脆的鳥鳴與瀑布氣勢磅礴的聲響應和着，組成了山林間一首悅耳動聽的協奏曲……

太棒了！

呼～

這位弟子所練的功夫，就是自然堂的「繪聲繪色拳」，描寫花草的顏色、瀑布的聲音，都是通過用心去感受大自然的美妙而獲得的體會。

這也是自然堂武功最大的特點——有聲有色、自然而然。

騎馬跟我去別處吧。

三個小夥伴一路奔行，來到成都城。

這裏就是著名的武侯祠，人文堂的弟子就在這裏練功。

來到大殿，我一眼便望見了諸葛亮的雕像，只見他頭戴綸巾，手持羽扇，神態莊嚴，栩栩如生。

殿前寫着一副楹聯——能攻心則反側自消，從古知兵非好戰；不審勢即寬嚴皆誤，後來治蜀要深思。

遊武侯祠

話音方落，眼前突然波光如水，原來是一位峨眉派人文堂的弟子正在舞劍。

這副對聯既體現了諸葛亮神機妙算的智慧和鞠躬盡瘁的精神，又提醒我們反思，成為後人學習借鑑的寶貴財富。

殿上還有一根萬年烏木，上面刻着八個大字：「淡泊明志，寧靜致遠。」這也是諸葛孔明的人生格言，讓我們學會如何正確立志與修養身心。

武侯祠真是一個值得我們去參觀、去欣賞的地方。那裏豐富的歷史積澱令人歎服，因為那是古聖先賢智慧的結晶。

這風格，果然和自然堂大不相同。

人文景觀是人類創造的，因此歷史文化就是他們手中的劍，查閱相關資料，如同準備好兵器，適當地引經據典，便能寫好人文景觀。但自然、人文景觀終歸是一家，只是題材有別，寫法不同，審題時要多注意。

明白了。

祕笈點撥

　　寫景作文的寫作對象可以分為兩類：自然景觀和人文景觀。兩者題材有別，寫法不同，在審題時要多注意。

　　自然風光的描寫多用修辭，這裏不再贅述。人文景觀的描寫需要作者具備一定的背景知識，才能進行詳細的介紹，展開豐富而恰當的想像。

　　例如描寫長城，可以這樣寫：「城牆頂上鋪着方磚，十分平整，像很寬的馬路，五六匹馬可以並行。城牆外沿有兩米多高的成排的垛子，垛子上方有方形的瞭望口和射口，供瞭望和射擊用……」

　　這一片段以精練的語言，按照由低到高的空間順序，有條理地將長城的內部構造及其對應的作用介紹清楚，沒有深厚的背景知識和強大的文字功底難以做到。

用武之地

　　少俠，今天來自峨眉寫景派自然堂和人文堂的弟子想和你切磋一二，你要和自然堂比拳腳，也要和人

文堂比兵器，接受挑戰吧！

　　請先試寫一段自然景觀，和自然堂的弟子比一
比拳腳。

_____

_____

_____

_____

　　請再試寫一段人文景觀，和人文堂的弟子鬥一
鬥兵器。

_____

_____

_____

_____

第三十五回

時變地易美景生

時間、空間，寫景有順序

光陰似箭時間易，日月如梭星斗移。
四面八方縱橫行，空間順序角度奇。

很多時候要描寫的景物不止一個，有時候甚至還很繁雜，因此，要讓文章不雜亂，需要採用一定的順序去描寫。時間順序和空間順序是最常用的。每一個時間點的景物都是不同的，不同的年份、季節、月度、日期，同一天的不同時間，甚至是上一秒和下一秒，景物的形態都不盡相同。比如潮汐的漲落、月亮的陰晴圓缺、向日葵在同一天內的轉向等等。所以，我們可以按照時間順序去刻畫景物。此外，空間順序也是一個非常有效的寫景順序。在空間中選一個起始點，然後由近至遠，由左到右，由外而內去描繪景物的狀態和情形，就可以使其映入讀者眼簾了。

一日早晨，小可樂三人在院子裏練功，這時，傳來了一陣金鐵交鳴之聲。

那邊好像有打鬥聲，過去看看。

只見兩位老前輩，一位拿弓箭，一位拿鐵棍，打得難解難分。

嗖

哐

兩位前輩，一位站在地上八方射箭，一位則遊走四方，不斷格擋，好功夫！

看梭！

唰

嗆

吭

好！

啪

啪

你們是誰？

小可樂告知兩位老前輩，他們是來峨眉送帖並參觀學習的作文派弟子。

我叫時變生，這位是我的師弟——地易子。我們每天早上都要在這峨眉金頂上對練武功呢！

時變生、地易子兩位前輩好，剛才我發現你們的功夫各有特色。一個雙腳不動，立地生根，卻能向八方射箭。

另一個輕功高絕，閃轉騰挪，遊走四面八方。不知道這是甚麼武功？

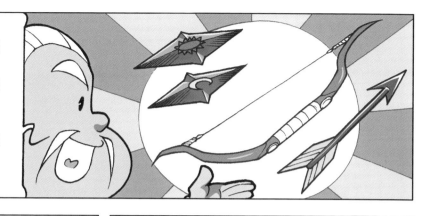

我練的功夫叫「斗轉星移」，手中的這張弓叫「偷天換日弓」，箭叫「光陰箭」，那對銀梭叫「日月梭」……

斗轉星移、偷天換日、光陰似箭、日月如梭……這不是小學生寫作文經常使用的開頭嗎？

在描寫景物的時候，我們可以通過時間的變化，寫出景物的不同。例如：一棵樹，春天才剛剛長出鮮綠的嫩芽，到夏天時已經繁茂如車蓋，等秋天來了，涼風一吹，就開始掉落枯黃的葉子，待到冬天，就只剩下光禿禿的樹幹了。

不錯，就是常見的時間開頭，我就是峨眉寫景派裏，時間寫法的代表。就拿我的「光陰箭」來說吧，最厲害的一招就是「八心八箭」，「八箭」就是春、夏、秋、冬、晨、午、暮、夜。

不但四季是這樣，從早到晚，景物也有所不同。就拿這金頂來說吧，早晨的金頂，晨光熹微，雲海翻滾；中午的金頂，陽光普照，一片輝煌；傍晚的金頂，殘陽如血，晚照似火。你們看，觀察地點不變，時間變了，景色也就不同了。

哈哈，我這位師兄啊，就是不愛動，和我恰恰相反。所以你看，他那麼胖，我這麼瘦。

地易子前輩，您是怎麼瘦的？

……

我的武功，叫「八方縱橫步」：東、南、西、北、前、後、左、右。時變生是不動，而我是不停在動。

這在寫景作文裏，就是指和定點觀察相對應的動態觀察。他觀察時變的是時間，而我觀察時變的是空間，按照上下、左右、前後、遠近的順序來觀察。

我明白了，看來減肥沒有捷徑，就是要多動啊！

「橫看成嶺側成峯，遠近高低各不同。」這句蘇軾的千古名句，看山道長曾教給我們用來敍事，然而在寫景作文裏，它就更直接了。

兩位前輩觀察時是一動一靜，一個從時間的角度，一個從空間的角度。

那麼有沒有兩者結合的方法呢？

你們去找我們倆共同的弟子——肖遙，他會教給你們一套移形換影……不，是「移步換景大法」！

「移步換景大法」？

祕笈點撥

對寫景作文來說，描寫的順序是很重要的。

在描寫景物的時候，我們可以用定點觀察，通過時間的變化，寫出景物的不同。可以是一年間的變化，例如春、夏、秋、冬；可以是一天之間的變化，例如晨、午、暮、夜。巴金在寫《海上日出》時，通過「轉眼間」「過了一會兒」「慢慢地」「到了最後」「一剎那間」等時間詞，將日出在一定時間內的變化寫得很具體。

而和定點觀察相對應的，就是動態觀察，變化的是空間，即按照上下、左右、前後、遠近的順序來觀察。碧野在《七月的天山》中按照由近到遠的順序，通過「進入天山」「再往裏走」「走進天山深處」這些連接詞，有層次地描寫了天山美景。

時間、空間兩種不同的寫作順序，有各自的特點，要根據實際情況來選擇。

| 用武之地 |

　　少俠快看，時變生老前輩左手拿着「偷天換日弓」，右手搭上了「光陰箭」，扔出「日月梭」，使了一招「斗轉星移」中的「八心八箭」。地易子老前輩不甘示弱，也施展起了「八方縱橫步」。兩位老前輩正在切磋，你還不快偷師學藝！

　　請按照時間順序試寫一個景物描寫片段。

_____

_____

_____

_____

_____

　　請按照空間順序試寫一個景物描寫片段。

_____

_____

_____

_____

_____

第三十六回

移步換景逍遙遊

遊覽風光，巧用移步換景法

移步換景逍遙遊，這套功夫真是牛。
時空轉換有條理，寫在每段的開頭。

　　同樣的景物，從不同的角度觀察，就必然會看到不一樣的景致。其中，移步換景法不容忽視。所謂的移步換景法，其實就是走一步看一步，每一步的景物是怎麼樣的，就怎麼寫出來。我們要注意的是，動態觀測是有連貫性的，這樣才能產生連貫的整體形象。太過於靜止而孤立的描寫，除非展現了景物的突出特徵，否則應該被省略，避免把文章寫成流水賬。

小可樂三人對時變生和地易子兩位前輩的弟子——肖遙，產生了濃厚的興趣。

這個肖遙在哪裏呢？

問其他的峨眉弟子不就知道了。

於是，他們見到峨眉弟子就詢問肖遙的下落。

你說肖遙大師兄嗎？我剛才看到他在金頂西面的萬佛頂練早功呢。

萬佛頂

肖遙師兄剛走，聽說去捨身崖上看雲海了。

捨身崖

肖遙師哥看完雲海，回接引殿閱覽祕笈去了。

接引殿

肖遙師弟借閱了兩本祕笈，好像又去飛來峯上練輕功啦。

飛來峯

肖遙師姪練功出了一身汗，到洗象池洗衣服去了。

洗象池

肖遙師兄洗完衣服，回廂房休息啦。

累死了，哎。

聽說你們在找我！

你們好！

你……你就是肖遙吧？我們找了你半天啦！

你……你怎麼跑得那麼快！

呼

呼

哈哈

那是因為我練了「移步換景大法」。這可是作文江湖裏的第一輕功，只要學會了，便可逍遙自在，遊走於天地之間，所以又叫「移步換景逍遙遊」！

你是挺逍遙，可累壞我們啦！

聽說你是時變生和地易子兩位老前輩的高足，你的這套功夫還結合了景物描寫裏的時間和空間順序，是嗎？

是的，「移步換景逍遙遊」既有時間的變化，又有空間的轉移，將定點觀景和動態觀景結合起來，做到了動靜結合，是最經典、最實用的寫景作文寫法。

說話間，肖遙繞着三人飛奔起來，帶出一股旋風，一篇《頤和園》出現在了三人的面前。

頤和園

進了頤和園的大門，繞過大殿，就來到有名的長廊。綠漆的柱子，紅漆的欄杆，一眼望不到頭……

走完長廊，就來到了萬壽山腳下。抬頭一看，一座八角寶塔形的三層建築聳立在半山腰上……

登上萬壽山，站在佛香閣的前面向下望，頤和園的景色大半收在眼底。葱鬱的樹叢，掩映着黃的綠的琉璃瓦屋頂和朱紅的宮牆……

從萬壽山下來，就是昆明湖。昆明湖圍着長長的堤岸，堤上有好幾座式樣不同的石橋，兩岸栽着數不清的垂楊柳……

你們看到了嗎？這裏每一段開頭的第一句，都是在交代觀景者位置的改變：從大門到大殿，穿過長廊到萬壽山腳下，再登上萬壽山，最後從萬壽山上下來，來到昆明湖。

像這樣移動腳步、轉換景點的寫作方法，就叫「移步換景大法」。它可以區分段落，又能承上啟下，令文章有條理，可以說是寫景作文裏的一大「法寶」。這種功夫我已經運用得很熟練了，自然能夠奔走如飛，馬不停蹄啦。

原來如此。

我明白其中的奧祕了，現在，我就拿一路追尋你的事情，寫一篇「移步換景」的寫景作文吧！

萬佛頂

早晨，我們先登上萬佛頂看日出……

捨身崖

從萬佛頂離開，大家又前往捨身崖欣賞雲海……

接引殿

下了捨身崖，就來到了收藏着典籍的接引殿……

遊覽完充滿書卷氣的接引殿，開始攀登飛來峯……

飛來峯

洗象池

結束了飛來峯的行程，最後等待和迎接我們的，是清涼的洗象池……

好！真不愧是作文派的大弟子，果然厲害。學以致用、舉一反三，還知道避免語言的重複，你真棒！

小可樂三人與肖遙成了好朋友，他們在一起切磋武學。

祕笈點撥

「移步換景大法」是一種經典、實用的寫景作文寫作方法。既有時間的變化，又有空間的轉移，將定點觀景和動態觀景結合起來，做到了動靜結合。它往往以這樣的形式出現：每一段開頭的第一句，都是在交代介紹觀景者位置的改變。這樣既可以區分段落，又能承上啟下，令文章有條理，是寫景作文裏的一大「法寶」。

《頤和園》這篇文章便是使用「移步換景大法」的典範，「進了……就來到」，「走完……就來到」，「登上……向下望」，「下來……就是」，作者使用了這些行為動詞來交代當前的景點位置，將描寫的景物串聯了起來。

用武之地

少俠，肖遙兄弟把他的這套絕世輕功「移步換景大法」分享給了你，還不趕快試一試！天地山水，任你遨遊！

請試寫一個用上「移步換景大法」的景物描寫
語段。

_____

_____

_____

_____

_____

_____

_____

_____

_____

_____

第三十七回

五顏六色添光彩

寫景作文可以像「彩虹」

丹青妙筆添華彩，摹色心法增輝煌。
寫景想要寫得強，畫道彩虹在文章。

「穿過縣界長長的隧道，便是雪國。夜空下一片白茫茫。火車在信號所前停了下來。」

——川端康成《雪國》

「山路變得彎彎曲曲，快到天城嶺了。這時，驟雨白亮亮地籠罩着茂密的杉林，從山麓向我迅猛地橫掃過來。」

——川端康成《伊豆的舞女》

川端康成寫景的文字之所以讀起來很細膩明亮，在於他選取的物象都很細節，在處理這些物象的時候，能夠讓它們舒緩地動起來。而之所以造成一種欣喜的效果，是因為他對顏色的巧妙運用——在主人公心境憂鬱的時候，某一種帶着顏色的美突然展現在眼前。顏色可以對人的視覺產生最直接的影響，白、綠、紅，只要一說出來，腦海中就會浮現相應的記憶，非常直觀。所以，寫景的作文，顏色描寫是必不可少的。

萬佛頂

小可樂他們不知跑去哪裏玩了？

油菜花發現一位正在作畫的少女。

這位女孩名叫華小仙，是峨眉寫景派裏有名的小畫家。

那你的寫景功夫，是不是和畫有關？

油菜花姐姐，我先賣個關子，你看看我所寫的這篇作文，然後挑一挑毛病吧。

西湖公園

西湖公園裏，四季如畫。

春天來了，天空很藍，湖水很綠，如鏡子一般倒映着周圍的景物。湖岸點綴着青草，柳樹抽出枝條，桃花開得正豔，另一邊的梨樹更是不甘示弱，花團錦簇，如雲朵一般掛於樹梢。

夏天，太陽投射在湖面上，波光粼粼。水底的游魚們往來穿梭，自由自在。樹林被夏日的暖風吹得沙沙作響。花園裏，各種各樣的花兒都開放了，五顏六色，爭奇鬥豔。

一片葉子落下，預示着秋天來臨。秋高氣爽，大雁飛過，湖水倒映着晚霞。湖面上還有幾隻遊船和畫舫，遊客們拾取着飄落在湖面上的落葉。

等到了冬天，天上飄揚着雪花，湖面泛着一絲浮冰，樹梢光禿禿的，還掛着一些冰凌。人們冒着嚴寒，紛紛到公園裏來踏雪尋梅。

西湖公園，四季都是那麼美麗。

這篇文章很不錯呀，有甚麼毛病呢？

肖遙向小可樂、至尊飽介紹了華小仙師妹。

華小仙也讓他們看了剛才的那篇文章。

寫得比我好多了。

通過四季來描寫，符合時變生老前輩說的按時間順序寫法，文章很有條理，描寫得也不錯。只是感覺少了點甚麼。

我也有這種感覺。

華小師妹，快給三位少俠展示一下你的「丹青妙筆功」吧！

好！

丹青妙筆功！

西湖公園

西湖公園裏，四季如畫，色彩斑斕。

春天來了，天空一片瓦藍，湖水滿眼碧綠，如鏡子一般倒映着周圍的景物。湖岸點綴着淡淡翠色的青草，柳樹抽出嫩嫩綠意的枝條，桃花開得正豔，粉紅鮮亮，另一邊的梨樹更是不甘示弱，花團錦簇，潔白無瑕，如雲朵一般掛於樹梢。

夏天，太陽投射在湖面上，湖面波光粼粼，金光閃閃。水底的游魚們往來穿梭，自由自在。樹林被夏日的暖風吹得沙沙作響。花園裏，各種各樣的花兒都開放了，鮮紅、雪白、明黃、絳紫……五顏六色，爭奇鬥豔。

一片枯黃的葉子落下，預示着秋天來臨。秋高氣爽，大雁飛過，湖水倒映着通紅似火的晚霞。湖面上還有幾隻遊船和畫舫，遊客們拾取着飄落在湖面上的落葉。

等到了冬天，天上飄揚着白皚皚的雪花，湖面泛着一絲浮冰，樹梢光禿禿的，還掛着一些冰凌，整個世界銀裝素裹。人們冒着嚴寒，紛紛到公園裏來踏雪尋梅，在白茫茫的天地間，尋找那鮮豔的一點紅。

西湖公園，四季都是五顏六色的，多麼美麗。

我明白了，之前少的是色彩，瓦藍、碧綠、淡淡翠色、嫩嫩綠意、粉紅鮮亮、潔白無瑕、鮮紅、雪白、明黃、絳紫……

華妹妹用顏色，將筆下的西湖公園點綴得五顏六色，更加美麗了。

不錯！華小師妹可是我們峨眉派的後起之秀，她的功夫叫「丹青妙筆功」和「摹色心法」，擅長描摹各種顏色來給景物增添光彩。這個技巧若運用得當，能令你的寫景作文更上一層樓。

祕笈點撥

在創作寫景作文的時候，可以通過描摹各種顏色來為景物增添光彩，這個技巧若運用得當，能令你的寫景作文更上一層樓。

「天空中一會兒紅彤彤的，一會兒金燦燦的，一會兒半紫半黃，一會兒半灰半百合色。葡萄灰、梨黃、茄子紫……」這一寫晚霞的片段使用了豐富的顏色詞，主要有以下三種類型：

1. ABB 式，以「紅彤彤、金燦燦」為代表。

2. 「半……半……」式，以「半紫半黃」「半灰半百合色」為代表。

3. 「事物 + 顏色」式，以「葡萄灰」「梨黃」「茄子紫」為代表。

用武之地

少俠，華小仙把「丹青妙筆功」和「摹色心法」傳授給了你，你想不想也給文章添一抹亮色呢？請試寫一段景物描寫，用上各種不同顏色來給景物增光添彩吧！

第三十八回

詩情畫意增韻味

用詩歌給你的作文錦上添花

> 移花接木值得學，解詩擴句手法絕。
> 引用詩句若寫好，文章質量能飛躍。

　　如何描繪春色？「亂點碎紅山杏發，平鋪新綠水蘋生。」白居易的《南湖早春》，以動寫靜，將春色寫得浮翠流丹。

　　如何讚美春雨？「好雨知時節，當春乃發生。」杜甫的《春夜喜雨》，一個「知」，將春雨寫得如人一般，守時、自律、敬業，準時開工，不睡懶覺不遲到。

　　如何形容烏雲密佈的天氣？「黑雲翻墨未遮山，白雨跳珠亂入船。」這兩句出自蘇軾《六月二十七日望湖樓醉書》，寫的就是烏雲蔽日、大雨傾盆的壞天氣，十分傳神。

　　你看，詩詞當中藏着那麼多的美景。在寫景的時候，我們可以根據需要，或引用，或擴寫，讓自己的作文更加有韻味。

眼看着小可樂、油菜花的修為進步飛快，至尊飽發起愁來。

這天，至尊飽來到接引殿，想借幾本祕笈來學習一下。

這位小哥，既然來了接引殿，怎麼不借點祕笈來看？唐詩能幫助你提高寫景作文的能力嗎？

你說對了，這本《唐詩三百首》，就是一本高深的神功祕笈。

接引殿要保持安靜，我們不妨出去說吧。

好。

出了接引殿，至尊飽說明了來意。

詩，真的能拿來練功？

華小仙師妹都能由畫上道，我唐三百怎麼就不能用詩句來練功呢？

自我介紹一下，我本是唐門弟子，因喜歡練武，便拜入峨眉景語師太門下。又因我喜歡讀《唐詩三百首》，所以大家都叫我唐三百。

原來你叫唐三百呀！你跟唐三藏、唐三彩是甚麼關係？

哈哈，小兄弟真幽默。

唐三百，你說詩歌能用來寫景，怎麼證明呢？

你不妨隨便說一些景物描寫的類型，我都用唐詩來回答。

好！那我要出招啦！

放馬過來吧！

寫山！

「會當凌絕頂，一覽眾山小。」杜甫的詩。

寫水！

「水光瀲灩晴方好，山色空濛雨亦奇。」蘇東坡的名句。

寫江南春柳！

「碧玉妝成一樹高，萬條垂下綠絲縧。不知細葉誰裁出，二月春風似剪刀。」賀知章的代表作。

寫大漠黃沙！

「大漠孤煙直，長河落日圓。」王維的千古名句，他是我的偶像！

寫春天的花！

「春色滿園關不住，一枝紅杏出牆來。」出自葉紹翁的妙筆。

寫夏天的花！

「接天蓮葉無窮碧，映日荷花別樣紅。」南宋楊萬里先生的佳句。

寫……寫……寫鳥！

那就更多啦！有白居易的「幾處早鶯爭暖樹，誰家新燕啄春泥」。還有杜甫的「兩個黃鸝鳴翠柳，一行白鷺上青天」。

這些詩句我都讀過！可我以前怎麼就沒發現，這些詩句都是描寫景物的，而且還寫得這麼好。

說到寫景，古代詩歌是非常凝練和出色的。像李白、杜甫、白居易、王維、劉禹錫等人，都是寫景的大師，他們的詩作可以說是寫景的典範。

想要寫好寫景作文，不妨多讀一讀、背一背這些優美的寫景詩句，學會引用這些詩句，能給你的寫景作文錦上添花。

不過，引用只是我的一套武功——「移花接木」，我還有一招絕技——「解詩擴句手」！

這又是甚麼神功？你快說說！

期待

看好了。

唐詩三百首

解詩擴句手

綠樹陰濃夏日長——在一片濃密的綠樹陰底下，夏日顯得更長了。

樓台倒影入池塘——池塘的水面，倒映着亭台樓閣的影子。

水晶簾動微風起——清涼的微風拂來，使得水晶簾也輕輕擺動。

滿架薔薇一院香——這時，院子裏開滿了薔薇花，空氣裏浮動着濃濃的香氣。

哇！

詩句，既可以拿來引用，也可以試着將其進行解釋與擴寫。在原句的基礎上，插入人物的活動與情感，加入一些自己的修飾，增加點具體細節，就有了散文一般的美感。

呼——

真是讓人大開眼界！

祕笈點撥

想要寫好寫景文，不妨多讀一讀、背一背古代詩人筆下那些優美的詩句，學會引用這些詩句，能給你的寫景作文錦上添花。

「此地有茂林修竹，綠水環流，還有幾座土山點綴其間，風光無疑是絕妙的。」季羨林先生在《月是故鄉明》中的這段描寫就化用了大量的詩句，可見其功力深厚。

詩句，既可以拿來引用，也可以試着將其進行解釋與擴寫。在把原句拆解的基礎上，插入人物的活動與情感，加入一些自己的修飾，增加點具體細節，就有了散文一般的美感。

「大漠孤煙直，長河落日圓」一句，就可以改寫成：莽莽沙漠，放眼望去，無邊無際。我昂首看天，在那天的盡頭，一縷孤煙緩緩升騰，這是來安慰我的吧！這無邊的沙漠像是囚籠，困住了我。好在我不只有這一縷煙，還有那河邊落日。在自然的偉力面前，我不禁感到自己的渺小。

| 用武之地 |

少俠，唐三百的「移花接木功」和「解詩擴句手」你學會了嗎？練一練吧！

請試着收集幾句寫景作文可以引用的詩句，注意不要與文中已有的重複。

_____

_____

_____

_____

_____

_____

_____

_____

_____

_____

第三十九回

三千世界花葉凝

讓你筆下的景物活過來

> 一花一葉有生命，細心觀察認真品。
> 感受它們要用心，景物也會說景語。

「山尖兒全白了，給藍天鑲上一道銀邊兒。山坡上有的地方雪厚點，有的地方草色還露着，這樣，一道兒白，一道兒暗黃，給山們穿上一件帶水紋的花衣；看着看着，這件花衣好像被風兒吹動，叫你希望看見一點更美的山的肌膚。等到快日落的時候，微黃的陽光斜射在山腰上，那點薄雪好像突然害了羞，微微露出點兒粉色。」

　　老舍的文筆一直以美著稱，要論寫景，他的作品就是現成的教科書。從《濟南的冬天》這個片段我們可以看到，老舍寫景時的一個撒手鐧，就是精巧地運用了擬人、比喻等各種修辭手法，語言生動俏皮。寫景的時候，我們也可以試着學老舍先生的樣子，把景物寫活。

至尊飽學會了「移花接木功」和「解詩擴句手」，並將這兩種武功分享給小可樂與油菜花，小夥伴們獲益匪淺，更是和唐三百成了好朋友。

時

移

畫

詩

明明學了那麼多的寫景功夫，可為甚麼寫起來，還是覺得不夠生動呢？

出去走走吧。

一花一世界，一葉一菩提。

！

小可樂少俠，我知道你在苦惱甚麼。你是不是覺得筆下的景物都不夠生動啊？我剛才的那句話，正是解決你問題的一劑良藥。

……

願聞景語師太指點！

一花一世界，一葉一菩提。這裏的菩提是世界的意思。有一種說法，人間是個三千世界，非常豐富多彩。

因此，一花、一葉、一草、一木，都有自己的「三千世界」，它們不是死的，而是活的。

所以，現在你能告訴我，靠甚麼能把景物描寫得生動嗎？

靠……找到景物的「三千世界」？

想寫好景，靠的呀，其實是人。

峨眉派明明學的是寫景，怎麼寫景又要靠人了？

這寫人的功夫，不是少林寫人派練的嗎？

其實，不論是武當敍事派還是峨眉寫景派，追根溯源，都和少林寫人派有着千絲萬縷的聯繫。

畢竟寫作文的是人，看作文的也是人，我們要以人為本。所以「天下武功出少林」這句話並不是無中生有哦。

一棵樹，如果沒有人走過去欣賞，它只是一根長在地上的木頭罷了；一條河，如果沒有人去欣賞，也只是一些在流動的水而已。

然而，我們人是有生命、有感情的。當一個人用生命和情感去看待樹與河，那麼這棵樹便有了生命，這條河便有了感情。

我明白了。您所說的「三千世界」，是要靠人去細心觀察和深入體會的。

只有把自身代入到景物的世界裏，才能感受到景物的生命力，才能把景物描寫得更生動！

景語景語，就是景物的話語。景物也是會說話、會活動，甚至是會思考的。我歸納出了一些口訣，你不妨記一下。

沒錯，只要細心觀察，用心感受，你就會發現這些景物的生命。一花一葉都包含着豐富的細節與情感。記住我的名字——景語師太。

唰

景物無聲，是在沈默。

風吹景物，是在舞蹈。

雨淋景物，是在落淚。

景物葉落，是要回家。

這正是我們作文派的本家功夫：「排比連環掌」「比喻形意拳」「萬物擬人功」！

沒錯。

想把景物寫得生動，離不開排比、比喻、擬人這些修辭手法！

太厲害了，這可真是寫景作文的絕招啊！

祕笈點撥

寫景作文若想寫得生動，要靠我們這些觀景的人細心觀察、深入體會，只有把自身代入景物的世界裏，才能感受到景物的生命力，才能把景物寫得生動。

老舍先生《濟南的冬天》便是集大成之作。在他的筆下，小山好像是濟南的搖籃，它還在低聲地說：「你們放心吧，這兒準保暖和。」薄雪好像在害羞，微微露出點粉色。水藻把終年貯存的綠色全拿出來了，在展示一種「綠的精神」。垂柳映在水裏，不是倒影，而是在照相。你看，這些景物多麼具有生命力啊！

只要能夠細心觀察，用心感受，你就會發現景物都是有生命的。一花一葉都可能包含着豐富的細節與情感。景語，就是景物的話語。景物也是會說話、會活動，甚至是會思考的。景物無聲，是在沉默；景物風吹，是在舞蹈；景物雨淋，是在落淚；景物葉落，是要回家……

| 用武之地 |

　　少俠，景語師太告訴我們，「一花一世界，一葉一菩提」，現在在你的眼中，所有的景物彷彿都有了生命，每一個景物，都成了你力量的源泉。

　　請試寫一段「把景物寫活」的生動景物描寫。

_____

_____

_____

_____

_____

_____

_____

_____

_____

_____

_____

第四十回

善用借景抒情，學會情景交融

真假師太皆此女，一切景語皆情語。
借景抒情掌力絕，情景交融震寰宇。

「你每次上路出遠門千萬別忘記帶上音樂，只要耳朵裏有音樂，你一路上對景物的感受就全然變了。……河灣、山腳、煙光、雲影、一草一木，所有細節都濃濃浸透你隨同音樂而流動的情感，甚至它一切都在為你變形，一幅幅不斷變換地呈現出你心靈深處的畫面。它使你一下子看到了久藏心底那些不具體、不成形、朦朧模糊或被時間湮沒了的影像。於是你更深深墜入被感動的漩渦裏，享受這畫面、音樂和自己靈魂三者融為一體的特殊感受……」

—— 馮驥才《秋天的音樂》

「一切景語皆情語」，寫景的目的是抒情。如果沒有了情，那麼景也就沒有了意義。情感需要和景物背後的暗語相通，它們之間只有交相呼應，才能達到最佳的寫作效果。

小可樂三人準備出發去江南尋找丐幫狀物派，三人想向景語師太辭行，然而，景語師太卻……失蹤了！

甚麼？還是沒有找到景語師太？

我去問了時變生、地易子、肖遙，他們都說沒見到。

華小仙、唐三百也是一問三不知。

這是怎麼回事，不會又是「烏龍教」搞的鬼吧？

不好，雷雨要來了，咱們先找個地方避一下。

轟隆

嘩！

還好附近有個小院子。

嗚嗚……

?

這位前輩，您是誰？為何在這裏哭泣？

我叫情語師太，是景語師太的師妹，是一個情緒豐富、敏感細膩、多愁善感的人。我的心情會隨着天氣、景物、環境的變化而變化，所以大家也叫我「晴雨師太」。

哦，我知道了，您一定是因為大雨像極了老天爺在哭泣，觸動了您的傷心之處，所以，您就哭了起來，是嗎？

你說的一半對，一半又不對。

情語師太，您的意思是不是說，有時下雨你很悲傷，但有時下雨你又很快樂？

嗯。

可是，陰天、下雨、打雷，這些景物描寫不都是拿來襯托負面的心情嗎？

比如我曾經寫過這樣的話——今天，我考試考了59分。回家的路上，天空中愁雲慘淡，雷聲滾動，彷彿暴風雨前的怒吼，我的心也被烏雲壓得喘不過氣，覺得沉沉的。

這樣寫就未免有些失真啦！你想一想，難道你每次考試成績不佳，都恰好是陰雨天嗎？我想，只有電視劇裏才會這麼演吧，生活中，往往沒有這麼湊巧的事。

對，這個天氣是我編的，我為了表現自己的心情沉重，才假設了天氣。不過，不是說文章可以虛實結合嗎？

這樣的虛實結合未免落了下乘。真正高明的作文功夫，是既能保證不失真實，又能準確傳達意思。

就拿考試來說，你今天考不好，但回家時卻是晴空萬里。想一想，在不虛構的前提下，該怎麼寫？

情

這個考題頗有難度，小可樂三人商量了一下，合作寫出了一段文字。

師太請看。

今天，我考試考了59分。回家的路上，天氣晴朗，萬里無雲。可是在我的眼中，卻平添了一股落寞和悲涼，本應湛藍的天空，此刻卻也變得有一些灰暗。遙遙西沉的夕陽，正如同我那顆越來越低落的心。

唰——

很好！看來你們明白了，並不是景帶起了情，而是情改變了景。一個人心情好時，就算是大雨，也能變成歡快的節奏和跳動的音符。

但心情若不好，即便是晴空萬里，也會覺得毫無美感，傷心欲絕。

景語師太？

你不是情語師太嗎？怎麼……變身啦？

哪有甚麼情語師太呀，情語師太其實就是景語師太。

不錯，你們要記住一句話：一切景語皆情語！如果你描寫的景物沒能蘊含着你的情感，那寫景就空洞了。

這條來自景語師太最後的點撥，算是給三位小夥伴的峨眉寫景派之行畫上了一個圓滿的句號。

風景都因為有情感附着而變得生動和鮮活。但是，又不能直接表露，必須將情感藏在景物背後，就像我剛才蒙着那道面紗。

這是寫景派作文的最高境界，也是我所修煉的最高明的功夫——「借景抒情掌」和「情景交融功」！

祕笈點撥

一個人心情好時，就算是下大雨，那也能變成歡快的節奏和跳動的音符；但心情若不好，即便是晴空萬里，也會覺得毫無美感，傷心欲絕。一切景語皆情語！如果你描寫的景物沒有帶着你的情感，那寫景就空洞了。

「感時花濺淚，恨別鳥驚心。」杜甫移情於景，睹物傷情，寫出了亡國之悲、離別之悲，體現出愛國之情。「風裏落花誰是主？思悠悠。」風不僅吹落花朵，更將凋零的殘紅吹得四處飛揚，無處歸宿。李煜借這樣的景物抒發了自己身世飄零、孤獨無依的悲傷感受。「有情芍藥含春淚，無力薔薇臥曉枝。」從芍藥、薔薇的情態中，我們可以領略到秦觀的多愁善感。

人世間的風景都因為有情感附着而變得生動和鮮活起來。但是，表露不能太直接，必須將情感藏在景物背後，就像景語師太蒙着的那道面紗。

用武之地

　　少俠，沒想到吧，原來景語師太就是情語師太，因為一切景語皆情語。這是峨眉寫景派壓箱底的絕技了，這一招若學成，你就順利出師了。你學會了嗎？

　　請試寫一段景物描寫，帶上自己內心的情感，做到借景抒情、情景交融。

_____

_____

_____

_____

_____

_____

_____

_____

_____

狀
物
篇

第四十一回

神嘴馬優説外形

狀物，寫好外形是第一步

狀物描寫不能空，外形是重中之重。
尋物啟事當練筆，讓人看懂才成功。

「紅蘿蔔的形狀和大小都像一個大個陽梨，還拖着一條長尾巴，尾巴上的根鬚像金色的羊毛。紅蘿蔔晶瑩透明，玲瓏剔透……紅蘿蔔的線條流暢優美，從美麗的弧線上泛出一圈金色的光芒。光芒有長有短，長的如麥芒，短的如睫毛，全是金色……」這是莫言在《透明的紅蘿蔔》中，對紅蘿蔔的描寫。這裏的紅蘿蔔，其實是飢餓的主人公的幻覺，卻因為作者對它的形狀和顏色的精準表述，紅蘿蔔的外形非常逼真地展現在讀者的面前。狀物不用像說明文那樣，需要精準的數據、全面的描寫，而應該像漫畫或素描一樣，寥寥數語，便能把所寫之物的樣貌和特點勾勒出來。

小可樂三人離開峨眉，前往武林四大門派的最後一派——「丐幫狀物派」。路途遙遠，道阻且長，更有「烏龍教」禍亂江湖。

小可樂、至尊飽、油菜花且行且懲惡，邊走邊揚善，施展一身的本領，用作文功夫消滅了不少侵害黎民百姓的「烏龍教」惡賊。

這期間，他們也遇到了一些丐幫狀物派的弟子。這些弟子都是窮人，但心懷百姓，扶危濟困，常常與小可樂並肩作戰，合力對抗烏龍教強敵。

小可樂三人還了解到丐幫狀物派的兩大特點。

一、弟子眾多，遍佈江湖，正如世間萬物，皆可入作文題材。

二、他們不像少林、武當、峨眉三大派那樣坐擁一處山頭，而是一個沒有總部的幫派，幫主神龍見首不見尾，行蹤不定，神秘莫測。

沒有總部，幫主又到處雲遊，這帖可怎麼送啊！

沒辦法，只能繼續邊找邊問了。

三人根據丐幫弟子口述的幫主行蹤，一路南下，最終來到了江南的某座小鎮。

那邊有好多告示，我們過去看看。

我家的盆栽失竊了。它是一株種在土裏的植物，它有根莖，有葉子，會開花，澆水就能活，若不澆水就容易枯萎……

尋物

啟事

我家的小貓走失了。它是一隻花貓，有一對眼睛、兩隻耳朵、幾根鬍鬚，會喵喵叫，走路很輕，沒有聲音……

我的一本書找不到了。有天回家丟在了路上，書是用紙做的，裏面有很多字……

這種尋物啟事，能找到東西才怪啊！

這位小兄弟說得不錯！

原來是丐幫的前輩，敢問前輩，您是否知道這些百姓所寫的尋物啟事為何都如此含糊不清？

我正因此事而來，據我調查，他們是中了烏龍教空天王的毒功。

空天王？是跟平天王、假天王、亂天王齊名的烏龍教「四大天王」之一？

沒錯。那個空天王常害人，據說此人本是甘肅崆峒山崆侗派的掌門，自號「空洞大仙」，練成「空洞神功」，後來竟投靠烏龍教，為禍江湖。

空洞大仙？莫非他的功夫能令作文變得空洞？

大叔挨家挨戶走訪，施展出一套奇功，令百姓們如醍醐灌頂，神智一清。

喝！

?

正是如此。我現在要去幫助這些百姓。三位可要與我一同前往？

好！

百姓們終於寫出了正常的尋物啟事。

我家的盆栽失竊了。它是一盆仙人掌，造型很獨特，像個「丫」字，顏色深綠，頂上還開着一朵豆大的小白花……

我家的小貓走失了。它是一隻黑白相間、白底黑花的花貓，在右眼處有一圈黑斑，走路時喜歡弓着背，左右觀望……

我家的一本書找不到了。書名是《輕鬆學作文》，封面是明黃色的，書名用藝術字體印刷，裏面還有我的署名，我叫×××……

此人一出手就不同凡響，必是高手！難道，他就是丐幫幫主？

小可樂帶着疑惑向大叔詢問。

哈哈

我不是幫主，我是他的徒弟，名叫馬優，乃是「神筆」馬良的後人。江湖人稱「神嘴」馬優。

神嘴？這個綽號倒是很貼切！

之所以獲得這個綽號，是因為我練的「口吐蓮花功」，能教人把事物的外形描述得栩栩如生。

狀物作文，最重要的，當然是要寫清楚外形啦！

三位小夥伴非常贊同。雖然馬優不是丐幫幫主，但他身為幫主親傳弟子，知道一些幫主的下落，於是他們便跟着馬優，踏上了尋找幫主的路。

祕笈點撥

在狀物類的作文之中，外形描寫是第一步的。你要用一段話來描述好事物的外形，讓讀者的腦海裏有個具體而完整的形象，然後再進一步去描寫該事物的其他特點。

1. 從外形入手，植物形象更鮮明

茹志鵑《宋慶齡故居的樟樹》中，樟樹鬱鬱蔥蔥的形象十分鮮明：「樟樹不高，但它的枝幹粗壯，而且伸向四面八方，伸得遠遠的。稠密的樹葉綠得發亮。樟樹四季常青，無論是夏天還是冬天，它們總是那麼蓬蓬勃勃。」

2. 從外形入手，動物模樣更鮮活

在《花鳥》中，余光中這樣描寫小鸚鵡藍寶：「走近去看，才發現翅膀不是全灰，而是灰中間白，並帶一點點藍；頸背上是一圈圈的灰紋，兩翼的灰紋則弧形相掩，飾以白邊，狀如魚鱗。翼尖交迭的下面，伸出修長几近半身的尾巴，毛色深孔雀藍，常在籠欄邊拂來拂去。」一個人見人愛的鸚鵡形象躍然紙上。

3. 從外形入手，事物特點更突出

範錫林的《竹節人》一文中，各式各樣的竹節人

讓人印象深刻：「……那『鬥士』便顯出一副呆頭呆腦的傻樣子，挺着肚子淨捱揍。竹節人手上繫上一根冰棍棒兒，就成了手握金箍棒的孫悟空，號稱『齊天小聖』，四個字歪歪斜斜刻在竹節人背上，神氣！找到兩根針織機上廢棄的鈎針，裝在竹節人手上，就成了寶爾敦的虎頭雙鈎。把『金鈎大王』刻在竹節人的胸口，神氣！」

用武之地

少俠，你剛來到這一座江南小鎮，不巧就丟了東西，這可怎麼辦呢？沒關係，你也可以去城牆上的告示區張貼一份尋物啟事。可別忘了用上「神嘴」馬優的「口吐蓮花功」，否則你會找不到你的東西的。

請試寫一段狀物描寫，講述該物品的外形。然後再將這段文字給你的老師、家長、同學、朋友閱讀，看看他們能不能看出這樣東西是甚麼。

_____

_____

_____

第四十二回

三大分駝五方陣

狀物作文結構有套路

> 狀物奇陣名五方，來歷外形在前端。
> 特點故事兩翼舉，情感陣眼居中央。

　　美的事物都有美的結構和層次，比如花的美是靠花的顏色、形狀、氣味；人的美麗體現在相貌、性格、能力、知識等方面。作為表現美的文章，就應該根據所寫事物的特點，一點一點、一個層次一個層次地去表述所要表現的美。比如，介紹物品時，來歷、外形、特點、故事、情感這五個方面，是不可或缺的需要表述的點，應當在文章中逐一介紹清楚。

「神嘴」馬優和小可樂三人雇了一輛馬車，踏上了尋找老幫主之路。

一生二，二生三，三生萬物……

一生二，二生三，三生萬物……

您都唸一路了，是甚麼意思啊？

這是古代賢者老子的一句名言，意思是「三」這個數字可以代表「多」的含義，泛指萬物。在我們丐幫狀物派裏，這句話恰好能引申成另外一個意思——天下萬物，大致可以分為三大類。

是哪三大類呢？

動物、植物、器物。因此我們丐幫狀物派在江南一帶下設三大分舵——動物分舵「百獸莊」、植物分舵「百木大」、器物分舵「百寶鄉」。我們現在正是要前往這三大分舵。

馬大叔，您是不是想說，老幫主很可能在這三大分舵其中一處？

亂天王？又是烏龍教的「四大天王」，他們真是可惡！

確實！

不錯！本來我也不確定，老幫主這個人一向喜歡雲遊四海，觀察天下萬物。但近日烏龍教在江南一帶為非作歹，「四大天王」之一的亂天王甚至在三大分舵之間挑撥離間。所以，我敢肯定，老幫主不會置之不理的。

這個「亂天王」，如果用一句話來形容他，那就是唯恐天下不亂！凡是中了他的「亂七八糟拳」的人，不但經脈紊亂，氣息錯亂，就連修煉出來的作文功夫也是一片混亂。

亂
亂

只有老幫主親傳的「狀物五方陣」可以破解。

狀物五方陣？這是一套甚麼陣法？

這是一套根據狀物作文的寫作結構和規律創造的陣法。學會了這套陣法，寫出的狀物作文就會有條理，不會受到亂天王的影響。

馬大叔，反正現在坐在馬車裏趕路，閒來無事，不如您就跟我們講一講這套陣法吧。

好精妙的陣法！如此排兵佈陣，何愁被亂天王所害？

那是！

這套陣法是根據我們丐幫原始的「打狗棍陣」改良演化而來！

不過，陣法是死的，人是活的。雖然有這五個方位框定了大致的結構，但我們根據自身寫作的特點，可以隨機應變。假如有好的創意，我們也一樣可以「跳出三界外，不在五行中」。

太好了！只要儘快將這套功法帶給三大分舵，他們一定可以化解危機。

嗒

客官，「百獸莊」到了。

百獸莊

祕笈點撥

　　狀物類作文有非常規整的結構。在描寫一樣事物時，先交代它的來歷，再描繪外形，然後結合生動而具體的事例來介紹它的特點，最後抒發對它的情感，有感情的文章才有生命。以馮驥才先生的《珍珠鳥》為例：

　　1. 講述來歷，明由來

　　先交代一下這樣東西的來歷，使讀者對事物有簡單了解。

　　文章開頭第一句，便簡潔明瞭介紹了珍珠鳥的來歷：「真好！朋友送我一對珍珠鳥。」

　　2. 結合事例，講特點

　　結合生動而具體的事例，描述事物的外形、生活習性等特點。

　　作者將珍珠鳥的外形描寫得十分可愛：「紅嘴紅腳，灰藍色的毛，只是後背還沒生出珍珠似的圓圓的白點。它好肥，整個身子好像一個蓬鬆的球兒。」

　　對習性的描寫也很生動：「白天，它這樣淘氣地陪伴我；天色入暮，它就在父母再三的呼喚聲中，飛向籠子，扭動滾圓的身子，擠開那些綠葉鑽進去。」

3. 抒發情感，道喜愛

狀物作文最核心的部分，是作者對事物的情感。

在《珍珠鳥》的文末，作者表達了珍珠鳥帶給自己的感悟：「信賴，往往創造出美好的境界。」

用武之地

少俠，最近烏龍教的「四大天王」越來越猖獗了，特別是那亂天王，非常可惡。讓我們好好操練一下這道「狀物五方陣」吧！

請試寫一段狀物描寫的提綱，做到來歷、外形、特點、故事、情感五樣俱全。

_____

_____

_____

_____

_____

_____

_____

第四十三回

鳥獸魚蟲三叉戟

寫動物，學會提取關鍵詞

> 百獸莊主有神器，一長兩短三叉戟。
> 抓住特點寫事物，詳略分明更立體。

任何事物，都有自己與眾不同的地方，我們把這些地方稱為「特點」。我們在寫狀物類的文章時，只有準確把握事物的特點，文章才能具體、真切，使人印象鮮明。當然了，並不是每一個特點都需要花費同樣多的筆墨去描寫。一般事物都有兩類特點，一種是較為突出的主要特點，一種是比較細節的特點。較為突出的部分多寫，寫得詳細一些，不太明顯的部分可以少寫，寫得粗略一些，這樣才能做到有所側重，把重要的「關鍵詞」突顯出來。

小可樂一行人來到「百獸莊」，這裏就像一座巨大的動物園，看得人眼花繚亂。

在馬優的帶領下，他們終於見到了百獸莊的莊主——王大蟲。

王大蟲？這個名字好奇怪呀。

大蟲在古代是老虎的意思，老虎的額頭上也有一個「王」字，這位王莊主的名號正是象徵着「百獸之王」老虎。

哦！難怪他是百獸莊的莊主，名副其實啊！

實在抱歉，老幫主不在這裏。

沒關係，雖然老幫主不在這，但至少範圍縮小了，接下來只要去「百木大」和「百寶鄉」找一找就可以了。

那我們先告辭了。

小兄弟好眼力，此乃我們百獸莊的鎮莊之寶，也是我成名的慣用兵器——神獸三叉戟！

好霸氣的名字！王莊主能給我們展示一下嗎？

小可樂這個武痴呀。

王莊主，這是甚麼呀？

好！小兄弟這麼有求知慾，那我就來展示一下我的「三叉戟神功」吧。

王莊主是修煉動物作文的高手，他的「三叉戟神功」可以說是寫動物作文的絕招！

這三個尖頭代表所要描寫的小動物的三個關鍵詞。這三個關鍵詞，最好要和動物的習性有關。所謂習性，就等同人的性格。歸根到底就是要把小動物當成人來寫。

閒言少敘，我這就給你們展示！

王大蟲施展「三叉戟神功」，練出一套作文。

我家有一隻小狗，叫來福。牠有一雙黑珍珠般的眼睛，一個十分靈敏的鼻子和一口鋒利的牙齒，披着一件棕色的絨毛大衣，走起路來大搖大擺的，可愛極了。

來福很有禮貌。每當我上學時，牠總是跟在我的身後，一直送到大門口才戀戀不捨地離開。每當我放學回來，牠也總是第一個衝出來迎接我，使勁地搖尾巴，在我身邊蹦來蹦去，興奮異常。

來福還很勇敢。一次，我竟看見來福在和一隻流浪狗「大戰」，殺氣騰騰。對方向牠撲了過來，來福轉過頭就跑；對方窮追不捨時，來福卻突然轉過身來，對着對方就是一口。那隻流浪狗被這麼一嚇，就狼狼地逃跑了。

最令人又愛又恨的，就是來福的頑皮了。那天，我正在寫作業，突然間聽到一陣奇怪的水聲，還聞到一股尿騷味。我趕緊走出書房，突然覺得腳下濕漉漉的，低頭一看，原來來福在房門口撒了一泡尿。

我氣憤地想教訓教訓牠。牠一聲不吭，睜着一雙大眼睛，巴巴地望着我。我看牠可憐的樣子，好像在說：「主人，原諒我吧，我下次再也不敢了。」我的憤怒一下子被拋到九霄雲外去了。我蹲下來，輕聲說：「下次別這樣了。」牠高興地圍着我轉圈圈。

來福真是一條既有禮貌，又勇敢，還很頑皮的小狗，我格外喜歡牠，你呢？

有禮貌、勇敢、頑皮，這就是三叉戟！歸納出小動物的三種不同習性特點，再分別講述故事。

就像三叉戟的三個尖頭是中間高、兩邊低一樣，這三個特點也是一詳二略。王莊主着重描寫了頑皮這個特點，再搭配另外兩個特點，讓來福的形象更加立體了。

有王大蟲和三叉戟在，「百獸莊」可謂高枕無憂了。小可樂等人向王大蟲辭行，之後便馬不停蹄地奔向下一個地點——植物分舵「百木大」。

百獸莊

祕笈點撥

描寫動物類的作文，就是要把小動物當成人來寫。先歸納出小動物的三種不同的習性特點，再分點講述故事。突出一個特點詳寫，再兼寫另外的兩個次要特點，就能讓動物形象更加立體。比如豐子愷寫的《白鵝》就是這種思路：

1. 歸納動物的三種習性特點

描寫白鵝時，圍繞它愛大叫、步態傲慢、吃飯架子十足這三個習性特點展開。

2. 突出一個習性特點詳細寫

文中，將白鵝吃飯時的「架子十足」寫得淋漓盡致。「譬如吃了一口飯，倘水盆偶然放在遠處，它一定從容不迫地踏大步走上前去，飲水一口，再踏大步走去吃泥、吃草。吃過泥和草再回來吃飯。這樣從容不迫地吃飯，必須有一個人在旁侍候，像飯館裏的堂倌一樣。」

3. 其他兩個習性特點簡略寫

對於白鵝愛大叫、步態傲慢的特點，作者則減少了筆墨。「凡有生客進來，鵝必然厲聲叫囂；甚至籬笆外有人走路，它也要引吭大叫，不亞於狗的狂

吠。」「鵝的步調從容，大模大樣的，頗像京劇裏的
淨角出場。」

用武之地

看到這柄三叉戟，我知道少俠你肯定躍躍欲試，
想要練上一練了。正好，門外來了幾個亂天王的手下，
百獸莊莊主王大蟲特將這桿神兵器借你一用，以助你
上陣破敵。少俠，快施展「三叉戟神功」，消滅這些
敵人吧！

　　請試用歸納三個關鍵詞的方法，寫出一篇動物類
作文的提綱。

_____

_____

_____

_____

_____

_____

_____

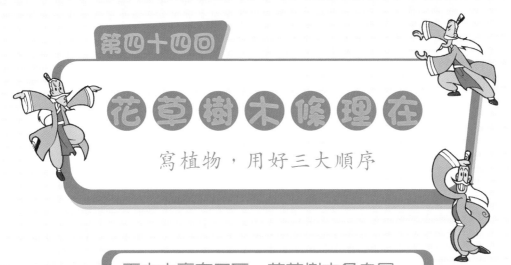

第四十四回

花草樹木條理在

寫植物，用好三大順序

百木大裏有三區，花草樹木各自居。
時間空間和邏輯，描寫植物講順序。

　　北宋畫家文同在自己家的房前屋後種上了各種各樣的竹子，無論春夏秋冬、陰晴風雨，他經常去竹林觀察竹子的生長變化，琢磨竹枝的長短粗細，葉子的形態、顏色。日積月累，竹子在不同季節、不同天氣、不同時辰的形象都深深地印在他的心中，只要凝神提筆，在畫紙前一站，平日觀察到的各種形態的竹子就立刻浮現在他的眼前。所以每次畫竹，他都顯得非常從容自信，畫出的竹子，無不逼真傳神。當人們誇獎他的畫時，他總是謙虛地說：「我只是把心中琢磨成熟的竹子畫下來罷了。」可見，觀察是何等的重要。當然了，觀察不是毫無章法可言的，應該有序。只有「觀而有序」，即按照常用的時間順序、空間順序、邏輯順序來進行觀察，寫作的時候才能「言而有序」。

小可樂等人來到了丐幫狀物派的植物分舵——「百木大」。

進入百木大有一個不成文的規矩：這裏有三條路，分別通向百花谷、百草園、百樹林，在這三處都設有考驗。你們各自選擇一條路，只有通過考驗，才能抵達終點。

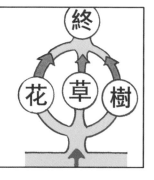

終

花 草 樹

我會在終點等着你們。

不但要分頭行動，還要接受考驗，這是甚麼規矩嘛，而且「百木大」這個名字聽上去就很危險！

別怕，既然來了，那就闖一闖，我們選擇路線吧！

我叫油菜花，我就選「百花谷」。

那我就選「百草園」吧。

我選「百樹林」！時間緊迫，二師弟、小師妹，咱們出發吧！一會兒終點見！

進入百樹林的小可樂，看到了千奇百怪的樹：有的飄着落葉，有的鬱鬱葱葱，有的開着花朵，有的結滿果實。

小夥子，想過關，就先破了下面這道題吧。

請按一定的順序來描寫一棵樹。

按順序來寫作文嗎？

小意思。

另一邊，油菜花來到了鳥語花香的百花谷，這裏羣芳鬥艷，美不勝收。

小姑娘，歡迎你來到百花谷。你將挑戰的是按一定的順序，來描寫一株花。

啪啦

至尊飽小心翼翼地走進百草園，這裏有各種各樣的植物。

草好多，連路都看不見了。

小兄弟，請你按一定的順序，來描寫眼前的某一棵植物吧。

馬優在終點焦急地等待着三人。

百木大的三位首領可是「歲寒三友」——松、竹、梅三位長老，不知三位少俠能否通過他們的考驗。

松長老，看來小可樂少俠順利過關啦！

不錯。小可樂少俠施展作文功夫描寫桃樹，用上了一年四季的時間順序，按照植物的生長來寫，從桃花盛開，到桃樹結果，再到桃葉掉落。非常有條理。

油菜花姑娘也不差。

小姑娘冰雪聰明。她選擇描寫水仙花,按照空間的順序,從長得像蒜的根,到長得像蔥白的莖,再到美麗的花,也非常有條理。

小胖子怎麼還沒出來?

他來了!你們看!

阿飽,你是怎麼過關的?

我就地取材,寫了竹子。先寫靜止時竹子的樣子,又寫被風吹動時竹葉的動態。竹長老說我這叫邏輯順序,過關!

寫植物,時間、空間、邏輯這三大順序,必選其一。有條理,是寫好植物作文的第一步。

祕笈點撥

寫植物要有條理，可以按照時間、空間、邏輯這三大順序描寫，這樣寫作思路清晰，讀者讀起來也明瞭。

時間順序，即按照植物的生長順序，寫一種植物一年四季的各種變化。《石榴》中，作者就按照四季來介紹石榴生長：「春天來了，石榴樹抽出了新的枝條，長出了嫩綠的葉子。到了夏天，鬱鬱葱葱的綠葉中，便開出一朵朵火紅的石榴花。」

空間順序，即從根到莖再到葉、花、果等等，寫出植物當下的形態。季羨林在《夾竹桃》中就是這樣寫的：「葉子比我以前看到的更綠得像綠蠟，花朵開在高高的枝頭，更像片片的紅霞、團團的白雪、朵朵的黃雲。蒼鬱繁茂，濃翠逼人，同荒寒的古城形成了強烈的對比。」

邏輯順序，即先寫靜態，再寫動態，這樣同樣可以形成很好的結構。《荷花》一文中，葉聖陶先寫了荷花的靜態之美：「荷花已經開了不少了。荷葉挨挨擠擠的，像一個個碧綠的大圓盤。白荷花在這些大圓盤之間冒出來。」接着，作者又通過想像展現荷花

的動態之美：「一陣微風吹來，我就翩翩起舞，雪白的衣裳隨風飄動。不光是我一朵，一池的荷花都在舞蹈。」

｜用武之地｜

少俠，通往「百木大」終點的這條三岔路可不好走，你是想去「百花谷」「百草園」還是「百樹林」呢？不管怎樣，用上順序的功夫，向前進吧！

請試用時間、空間、邏輯三大順序中的一個，寫一段植物描寫。

歲寒三友精氣神

寫出動植物身上的「人性」

歲寒三友松竹梅，上乘功夫嘯風雷。
巧用隨物賦意法，精神品格比喻誰。

「鵝的步態，更是傲慢了。大體上與鴨相似，但鴨的步調急速，有侷促不安之相；鵝的步調從容，大模大樣的，頗像京劇裏的淨角出場。它常傲然地站着，看見人走來毫不相讓；有時非但不讓，竟伸過頸子來咬你一口。」如果你讀過豐子愷的《白鵝》，一定會對白鵝如人一般的個性印象深刻。寫動植物的時候，除了外形、特點之外，千萬不要忘記使用一些修辭手法，寫一寫它們的「精氣神」，寫一寫它們的個性與品質，會讓你的文章更有深度。

三位小夥伴通過了考驗，終於來到位於百木大最深處的總壇。

三位少俠真不愧是作文派的少年英傑。

我為你們正式介紹一下這三位長老。

這位是松長老，百木大之百樹林的主人。

這位是竹長老，百木大之百草園的主人。

這位是梅長老，百木大之百花谷的主人。

他們共同執掌丐幫狀物派的植物分舵「百木大」。

百木大裏的花草繁茂，古木參天，猶如世外桃源一般。三位長老的考驗也讓我們受益匪淺。

那真正的上乘功夫是……

其實，你們剛才通過的考驗，還只是植物分舵一般的寫作功夫——狀物時要做到有條理而已。

不錯，雖然也不差，但離我們狀物派真正的上乘功夫，還有一些距離。

大師兄，現在可不是討教功夫的時候，當務之急，是要找到老幫主，告知其武林大會一事才對。

呃……

你們這兩件事並不衝突。我們知道老幫主在哪兒。不過，他特意交代，只有你們通過上乘功夫的考驗，才會見你們。

那麼，請三位長老出題吧！

踏雪尋梅

數九隆冬,地凍天寒,百花凋謝,唯有她仍傲雪而放。股股清香,沁人心脾。白裏透紅,像琥珀或碧玉雕成的,頗有點冰清玉潔的雅致。有的豔如朝霞,有的白似瑞雪,還有的綠如碧玉。即便風吹花落,你也不用擔心她會摔破,因為她並不嬌貴。愈是寒冷,愈是風欺雪壓,她就開得愈精神,愈秀氣。

節節高

它挺立在那裏,身上有無數優點:秀逸有神韻、纖細柔美、長青不敗、高風亮節、生機盎然、蓬勃向上……

諸般優點中,我最欣賞它的中空虛懷和柔中帶剛。它那「孤生崖谷間,有此凌雲氣」的美好品質,時時刻刻激勵着我。

蒼松迎客

風在你面前退縮,雨在你面前低頭,雪在你面前無奈。子曰:「歲寒,然後知松柏之後凋也。」陳毅元帥讚美你時寫道:「大雪壓青松,青松且挺直。要知松高潔,待到雪化時。」山坡上,兩人合抱粗的松樹,比比皆是。人站在樹下向上看,樹冠如傘蓋,幾朵白雲在樹頂之上飄動,真有頂天立地的感覺。

很多時候，寫植物不光要寫它的外形、特點，還要寫出藏在植物背後的精氣神！這才是真正的上乘功夫！

原來是寫三位長老本尊呀，精彩！

上面三段文字，分別用了比喻、擬人、引用等多種修辭手法，刻畫了植物的內在品質，也升華了文章的主題。

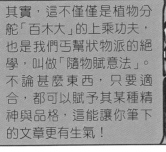

其實，這不僅僅是植物分舵「百木大」的上乘功夫，也是我們丐幫狀物派的絕學，叫做「隨物賦意法」。不論甚麼東西，只要適合，都可以賦予其某種精神與品格，這能讓你筆下的文章更有生氣！

三位少俠果然很有悟性，既然你們通過了考驗，我們就可以告訴你們老幫主的下落了。

老幫主就在最後一個分舵——「百寶鄉」等着你們呢，三位少俠，快出發吧！

祕笈點撥

寫植物，不光要寫它的外形、特點，還要寫出藏在植物背後的精、氣、神。不妨用上對比、擬人、引用等修辭手法刻畫植物的內在品質，賦予它們某種精神與品格，這不但能夠讓你筆下的植物更有生氣，還能升華文章的主題！

1. 對比突出特點，描寫更生動

《桂花雨》中，琦君把桂花和梅花對比，更顯桂花的可貴：「桂花樹的樣子笨笨的，不像梅樹那樣有姿態。不開花時，只見到滿樹葉子；開花時，仔細地在樹叢裏尋找，才能看到那些小花。可是桂花的香氣，太迷人了。」

2. 擬人，賦予植物人的品格，文章更吸引人

劉成章在《三角梅》中，賦予梅花堅韌的品格：「也許是我們關於要挖掉它的議論被它聽懂了吧！如果是，對它來說，那可是個性命攸關的大事啊，於是它就做出拚命的一搏，終於把生命的力量給搏出來了。它好像每天太陽一出來，就死盯着周圍的花木，與它們比賽着成長。它身上透露出來的生機和生氣，非常生動地展示在藍天之下，是那麼醒目耐看。」

3. 恰當引用，文采斐然

《丁香結》中宗璞如是寫 ──「古人詞云：『芭蕉不展丁香結』『丁香空結雨中愁』。在細雨迷濛中，着了水滴的丁香格外妖媚。花牆邊兩株紫色的，如同印象派的畫，線條模糊了，直向窗前的瑩白滲過來，讓人覺得，丁香確實該和微雨連在一起。」這裏，兩句詩句的引用，給文章帶來一種別樣的韻味。

| 用武之地 |

少俠，這等上乘功夫，你豈能不學？快用上「隨物賦意法」，修煉神功吧！

請試寫一段植物描寫（不寫松、竹、梅），記得賦予其某種精神與品格。

_____

_____

_____

_____

_____

_____

第四十六回

寫器物，方法多樣各不同

天下百寶各不同，寫法更有千萬種。
百寶鄉裏千機變，紛繁多如萬花筒。

「夏蚊成雷，私擬作羣鶴舞於空中，心之所向，則或千或百，果然鶴也；昂首觀之，項為之強。又留蚊於素帳中，徐噴以煙，使之沖煙而飛鳴，作青雲白鶴觀，果如鶴唳雲端，為之怡然稱快。……一日，見二蟲鬥草間，觀之，興正濃，忽有龐然大物，拔山倒樹而來，蓋一癩蝦蟆，舌一吐而二蟲盡為所吞。餘年幼，方出神，不覺呀然一驚。神定，捉蝦蟆，鞭數十，驅之別院。」

—— 沈復《浮生六記 • 閒情記趣》

看，連蚊子和癩蛤蟆也有可愛的時候。世間萬物，姿態萬千，所以無論甚麼事物，描寫的方法和角度也數不勝數。這之中，沒有哪種寫法更高明，只要是適合物的，適合你的，就是最好的。

輕鬆學作文

馬優帶着小可樂三人來到了丐幫狀物派的最後一個分舵——器物分舵「百寶鄉」。

百寶鄉是個匯聚了天下器物的小鎮，可謂應有盡有，令人眼花繚亂。

百寶鄉是江湖上最大的小商品批發市場和集聚中心，這裏每件商品的背後都有一段故事。

你們去逛逛吧，我到客棧等你們。

捲餅　烤雞　烤鴨

好大的口氣！這天下第一，前輩如何證明呀？

哼哼。

看好了！

啪

鞋，是我們生活的一部分，夏天穿涼鞋很涼爽，冬天穿棉鞋很暖和。

有一次，媽媽帶我去買鞋。我一眼就看中了一雙紅黑相間的運動鞋。這雙鞋子不僅外表美觀，穿起來也舒服。

砰！

這雙鞋最有特色的地方，就是用黏扣來固定鞋面，不用我們一直繫鞋帶，這樣一來，我們在運動、玩樂、休閒的時候，都不會受到鞋帶的干擾。

用精練又有概括性的語言點明主題，化繁為簡。又寫了一次買鞋的經歷，這樣的表述很接地氣。

不過……我很好奇接下來還會寫甚麼呢？

你且看下去。

鞋的歷史很悠久！以前有草鞋、木屐、皮靴。草鞋的發明為農民帶來了很大的便利。因為他們每日都需下田耕種，穿草鞋較方便，浸濕了也沒甚麼問題。

最主要是草鞋比較容易編制，用稻草就可以。通常農民們都掛好幾雙在門口，壞了一雙，就換一雙！三國時的劉備就是編草鞋起家的呢。

木屐的發明為住在山裏的人帶來了很大的便利。因為山林裏有樹木，人們就拿一塊木頭，上面用釘子釘一塊布，木屐就製成啦。我也有雙木屐，走起路來會「咔咔」響哦！

皮靴就不用說了，它們的發明為獵人們帶來了很大的便利。因為他們要打獵，還要防止山林裏的毒蛇、有毒蚊蟲，所以他們要用動物的皮做成耐用的靴子，而且長度要到大腿那裏！

精彩！這一段關於鞋的歷史，顯然是做了些功課，查閱過相關資料才下筆的。

狀物作文，了解所寫事物的知識是十分重要的。而且，他還能用深入淺出通俗化的語言來表達，絲毫沒有照搬資料的感覺。

見識過了以前的鞋，再來看看現在的鞋子吧！現在的鞋子能放音樂，能在夜晚發光，能給腳底按摩……真是功能多多。

不過，未來的鞋肯定和現在的不一樣。也許既能放音樂，又能在晚上發光，又可以給腳按摩，還可以水陸兩用。最重要的是，這種鞋一定是冬暖夏涼的！哈哈，未來的鞋就是棒，聚集了好多功能！

鞋子給我們帶來了許多便利，它是我們生活不可缺少的一部分。

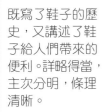

既寫了鞋子的歷史，又講述了鞋子給人們帶來的便利。詳略得當，主次分明，條理清晰。

最後一個自然段和開頭形成了呼應，真是好作文。老闆，這幾雙鞋我都要了。

阿飽，你能吃完再說嗎？

原來，這位「火雲鞋神」是百寶鄉裏眾多隱於市井的丐幫高手之一。

這裏還有很多擅寫器物的作文高人，吸引着三位小夥伴淘寶。

你們等等我！

天下百寶各不同，寫法更有千萬種。百寶鄉裏千機變，紛繁多如萬花筒。

祕笈點撥

在寫狀物作文前先查閱相關資料，了解過所寫東西的資料後再下筆。文章既可以寫一樣東西過去的歷史，又可以分別講述現在和未來的它可能給人們帶來的影響，做到詳略得當，條理清晰。最好還得用深入淺出的通俗化的語言表達出來，不要有照搬資料的感覺。《趙州橋》中，作者茅以升就是這樣謀篇佈局：

1. 追溯歷史，豐富文化底蘊

開頭便介紹趙州橋的悠久歷史：「河北省趙縣的洨河上，有一座世界聞名的石拱橋，叫安濟橋，又叫趙州橋。它是隋朝的石匠李春設計和參加建造的，到現在已經有一千三百多年了。」

2. 整體介紹，讓讀者有基本了解

通過整體介紹，讓讀者了解情況：「趙州橋非常雄偉。橋長五十多米，有九米多寬，中間行車馬，兩旁走人。這麼長的橋，全部用石頭砌成，下面沒有橋墩，只有一個拱形的大橋洞，橫跨在三十七米多寬的河面上。大橋洞頂上的左右兩邊，還各有兩個拱形的小橋洞。」

3. 提及影響，引發讀者思考

文章的最後寫道：「趙州橋表現了勞動人民的智慧和才幹，是我國寶貴的歷史遺產。」引發讀者思考：新時代少年也應學習古人的智慧和才幹，為實現中國夢而努力奮鬥。

｜用武之地｜

少俠，百寶鄉裏的貨物包羅萬象，你也來挑一樣吧！

請試寫一段器物描寫，可以藉助查閱資料的方法，寫全面，寫具體。

_____

_____

_____

_____

_____

_____

_____

第四十七回

用「三借」來升華主題

三大員外是富翁，三花聚頂藏神功。
喻人喻理和傳情，原來三借是神通。

　　王國維說，「以我觀物，故物皆著我之色彩」。很多時候，我們會藉助對物品的描寫和敍述，來表現自己的志向和意願，比如古人常說的「歲寒三友」，我們都崇敬的「白楊精神」，《愛蓮說》中的「出淤泥而不染，濯清漣而不妖」，等等。周敦頤通過寫蓮花出淤泥而不染，來表現自己不與世俗同流合污的高雅志趣。最後，作者總結了一句：「蓮，花之君子者也。」看似在說蓮花，其實是在說自己。你看，藉助動植物來表達自己的情感，讚揚人物品質，說明人生道理，都是可以升華文章主題的，你可以試一試。

三位小夥伴一頭霧水，而百寶鄉眾人都已跪伏在地。

恭迎老幫主！

都起來吧，不用多禮。

丐幫狀物派老幫主——萬花筒

萬老幫主好！

萬花筒稱讚了三位小夥伴最近的表現，能夠通過三大分舵的考驗，足以證明他們是作文江湖的後起之秀。

他們找了一處酒家坐下來商討武林大會一事。

除魔衛道本是我們丐幫分內之事，況且三大門派都已答應赴會，我豈有不去之理？只是……

唉。

萬老幫主，不會是有甚麼難處吧？

三位有所不知，萬幫主擔心的是此行的路費。百寶鄉看似富庶，但丐幫乃天下第一大幫，全江湖弟子最多。人一多，開銷也就大了。

除了百寶鄉，其他分舵都沒有經濟來源。因此，想要北上參加武林大會，就要籌措北上的經費。幫主苦惱的便是這個。

是啊，總不能真讓大家沿途乞討吧。

辦法倒是有一個。

您請講。

希望三位能幫我們的忙，去找「江南三大富翁」，從那裏借來三樣他們最珍貴的寶物，以換經費。我們丐幫弟子身為乞丐，恐怕連大門都進不去。成功率太低。

我知道此事不好辦，所以，事成之後，我將傳授三位一套丐幫的絕學——「三借神通」，以表謝意！

交給我們吧！

他們先來到李員外的住處借寶，李員外拿出一幅精緻的墨梅圖。

若能猜出此物為何珍貴，我便將它贈與三位。

莫非是出自哪位名家之手？

非也，非也。

三位小夥伴苦思不得其解。李員外請他們先去另外兩位員外家看看。

他們又來到馬員外府上。馬員外竟拿出了一袋落花生，說此物便是他最珍貴的寶物。

?

後，他們來到□員外家中，王□外拿出一盤桂□糕，說這就是□心中最珍貴的□物。

原來如此！

好吃！好吃！

墨梅圖、落花生、桂花糕……這之間一定有某種聯繫。

103

小可樂三人連忙回到酒家找萬幫主。

果然，您和三位員外是故意設下這道題來考驗我們。

看來你們已經知道答案了。

李員外的墨梅圖，通過寫梅花來比喻一個人傲雪凌霜的精神品質。

馬員外的落花生，則是通過落花生表達做人要樸實無華、默默奉獻的深刻道理。

王員外的桂花糕，是通過此物來抒發他對故鄉的思念之情。

三人表面上看似在狀物，實際上是在借物喻人、借物喻理、借物傳情！

不錯，借物喻人、借物喻理、借物傳情！這就是我要傳授你們的「三借神通」！

祕笈點撥

　　狀物文不僅要寫清事物的特點，更要體現文本深刻的內涵，這就要學會借物喻人、借物喻理、借物傳情。

　　1. 借物喻人，用事物來體現人的精神品質

　　《梅花魂》中作者陳慧瑛用梅花來比喻一個人堅強不屈的精神品質：「她卻不一樣，愈是寒冷，愈是風欺雪壓，花開得愈精神，愈秀氣。她是最有品格、最有靈魂、最有骨氣的！」

　　2. 借物喻理，通過事物表現其中蘊含的道理

　　《落花生》中許地山借花生告訴我們做人的道理——「花生的好處很多，有一樣最可貴：它的果實埋在地裏，不像桃子、石榴、蘋果那樣，把鮮紅嫩綠的果實高高地掛在枝頭上，使人一見就生愛慕之心。你們看它矮矮地長在地上，等到成熟了，也不能立刻分辨出來它有沒有果實，必須挖起來才知道。」

　　3. 借物傳情，借事物表達作者的真情實感

　　《桂花雨》中，作者琦君通過桂花勾起回憶，表達了對故鄉的思念以及對美好童年的懷念：「於是，我又想起了在故鄉童年時代的『搖花樂』，還有那搖落的陣陣桂花雨。」

用武之地

少俠，這一套「三借神通」你學會了嗎？原來啊，李員外、馬員外、王員外三人借給你的，不是甚麼金銀財寶，而是一套絕世神功啊！

請試寫一段器物描寫，用上借物喻人、借物喻理、借物傳情中的一種方法。

_____

_____

_____

_____

_____

_____

_____

第四十八回

四大門派會中原

將各類作文功夫融會貫通

> 四大門派會中原，少林武當英雄聯。
> 記敍作文四大家，研習通曉做總結。

　　融會貫通是量變到質變的積累，不是一蹴而就的。首先是寫，從現在開始，一直寫下去。對於任何一項技能而言，勤加練習是掌握它的必經之路。其次是學，一個人如果長期限制於自己的經驗中，不去學習新的「手法」，他就會一直在原地踏步，只有去看名家佳作，取長補短、查缺補漏，才會進步。最後是用，無論是寫人記事，還是寫景狀物，很多方法都是共通的，每一個知識點都和其他知識點有着千絲萬縷的聯繫。試着在寫作和學習的過程中，把散落的知識點聯繫起來，織成一張張網，你會發現，寫作其實並沒有那麼難，寫作真的很快樂。

小可樂三人完成了送帖任務，告別了丐幫的幾位前輩，準備啟程回作文派。

經過一路跋涉，三人終於回到了作文派。

師徒多日不見，相談甚歡！

三人向兩位師父講述了這一路上各種離奇的經歷。

峨眉寫景派的景語師太和丐幫狀物派的萬花筒幫主，他們不但自己有一身高強的作文功夫，手下還有一羣身懷絕技的能人異士。他們在寫景、狀物這兩種記敘文體上的功夫修煉得可謂是爐火純青。

好啊，好啊。少林的一修大師竟然將「少林七十二絕技」傾囊相授，那可是寫人作文的絕世祕笈。還有那武當敍事派的「虛實真人」章三分，也是一代武林高手。有他們鼎力相助，何愁烏龍教再為非作歹？

二位師父讓奔波多日的徒弟們休養兩天，然後開始準備武林大會。

時光飛逝，轉眼就到了九月九日重陽節這一天。四大門派陸續到來，作文江湖的各路高手也紛紛前來助陣。

少林寫人派的一修大師，達摩院的「六根」六位師父，菩提院的「五蘊」五位師父，精通「如來神掌」的如來，擅長「千手觀音拳」的如勤以及十八銅人這些高手全都來了。

「虛實真人」章三分攜看山道長、觀海道長、敍氏一家三口、包打聽以及一眾武當弟子前來赴會。

峨眉寫景派由景語師太、時變生、地易子三位前輩統領，年輕一輩也是人才濟濟，肖遙、華小仙、唐三百都如數到場。

丐幫狀物派，老幫主萬花筒在前，身後跟著馬優，丐幫三大分舵的王大蟲、「歲寒三友」、火雲鞋神以及一眾丐幫弟子。

作文江湖裏的無數小門小派，也都紛至沓來。

大會開始了，東寫、西讀兩位師父宣讀開場白。

近期，烏龍教為禍作文江湖，越來越多的小朋友被平、假、亂、空這「四大天王」所影響。我們這些名門正派當以除魔衞道為己任，集結力量，消滅烏龍教，幫助小朋友學作文，振興作文江湖！

報！不好了！烏龍教的「四大天王」攻上山來了！

來得這麼快！

我們這一年都在學《作文神功》，沒想到，烏龍教的魔頭竟然劍走偏鋒。

我聽說烏龍教的教主讓「四大天王」練成了關於應用文、說明文、議論文的作文邪功！

烏龍教的魔王們帶着其他類型的作文邪功前來挑戰，大戰一觸即發，作文江湖的命運將會如何呢？

祕笈點撥

闖蕩江湖大半年，拜訪過了少林寫人派、武當敍事派、峨眉寫景派、丐幫狀物派，學會了那麼多關於記敍類作文的功夫，讓我們好好地整理一下這些學過的招式，做一個總結吧！

1. 細節刻畫寫人物：通過語言、動作、神態、心理等一系列細節刻畫，把人物寫活

《景陽岡》中就抓住了武松的動作表現他的勇猛：「說時遲，那時快。武松見大蟲撲來，只一閃，閃在大蟲背後。那大蟲背後看人最難，便把前爪搭在地下，把腰胯一掀，掀將起來。武松只一躲，躲在一邊。大蟲見掀他不着，吼一聲，卻似半天裏起個霹靂，振得那山岡也動。把這鐵棒也似虎尾倒豎起來，只一剪。武松卻又閃在一邊。」

2. 按照順序寫景色：時間順序、空間順序

郭沫若寫《石榴》就抓住了石榴的顏色隨着時間的變化來寫：「單那小茄形的骨朵已經就是一種奇跡了。你看，它逐漸翻紅，逐漸從頂端整裂為四瓣，任你用怎樣犀利的劈刀也都劈不出那樣的勻稱，可是誰用紅瑪瑙琢成了那樣多的花瓶兒，而且還精巧地插上

了花？」

3. 突出特點寫事物：抓住事物最突出的特點進行描寫

《母雞》一文中，老舍就描寫了母雞對小雞無私的愛：「發現了一點可吃的東西，它咕咕地緊叫，啄一啄那個東西，馬上便放下，讓它的兒女吃。結果，每一隻雞雛的肚子都圓圓地下垂，像剛裝了一兩個湯圓兒似的，它自己卻消瘦了許多。假如有別的大雞來搶食，它一定出擊，把它們趕出老遠，連大公雞也怕它三分。」

4. 重點情節寫事情：描寫讓人印象深刻的情節更吸引讀者

《父愛之舟》中，作者吳冠中從「父親送我上學」這樣的典型事件中體現父親對「我」的愛：「為了節省路費，父親又向姑爹借了他家的小漁船，同姑爹兩人搖船送我到無錫。時值暑天，為避免炎熱，夜晚便開船，父親和姑爹輪換搖櫓，讓我在小艙裏睡覺。但我也睡不好，因確確實實已意識到考不取的嚴重性，自然更未能領略到滿天星斗、小河裏孤舟緩緩夜行的詩畫意境。船上備一隻泥竈，自己煮飯吃，小船兼做旅店和飯店，節省了食宿費。」

| 用武之地 |

　　少俠，「四大天王」攻上山來了，你做好準備了嗎？把東寫、西讀兩位師父和四大門派眾多前輩高人傳授你的各項作文功夫好好溫習一遍，準備應戰吧！

　　學完了《作文神功》的內容，請把你學到的功夫做一個整理，寫一寫你在修行過程中的收穫與體會吧！

_____

_____

_____

_____

_____

_____

_____